Ayshe - Ein *Ehren*mord?

AF139802

Für Ayshe

- stellvertretend für alle Frauen, die nicht ihr eigenes Leben leben dürfen.

P. Raconte

Ayshe - Ein *Ehren*mord?

Erzählung

Bibliografische Information der Deutschen National-bibliothek:
Die Deutsche Nationalbibliothek verzeichnet diese Publikation in der Deutschen Nationalbibliografie; detaillierte bibliografische Daten sind im Internet über http://dnb.dnb.de abrufbar.

Herstellung und Verlag: BoD – Books on Demand, Norderstedt

ISBN: *978-3-7386-4199-8*

Inhaltsverzeichnis

Namen sind Schall und Rauch, das gilt für Menschen und für Orte und ebenso für die Nationalitäten der handelnden Personen. Die Handlung ist realen Motiven nachempfunden und in eine Region eingebettet, die genauso gut irgendwo anders sein könnte. Sämtliche Ähnlichkeiten sind zufällig, ungewollt und dennoch unvermeidlich.

Es war im Jahre 2011, im September. Es war ein Tag, um einen Helden zu zeugen! Aus irgendeinem Grunde war ich an diesem Tag sehr früh wach geworden und, entgegen der Erfahrung, richtig erfrischt und voller Tatendrang. So etwas passiert mir nur alle paar Jahre einmal.

Dieses Mal war ich nun leider alleine auf Geschäftsreise in München, sodass es mit der Zeugung eines Helden schwierig werden würde. Oder zumindest häusliche Komplikationen zu erwarten wären.

Noch einmal umdrehen und einfach weiterschlafen konnte ich mit Sicherheit nicht mehr. Mein Termin war am Vormittag, und auch bis zum Frühstück war es noch lange hin. Also beschloss ich, joggen zu gehen. Eigentlich kann ich Leute nicht verstehen, die morgens vor der Arbeit oder in der Mittagspause joggen. Ich bin der typische Abend-Läufer. Aber irgendwo musste ich hin mit meiner Energie.

Nachdem ich mich rasiert und angezogen hatte, machte ich mich irgendwann zwischen Nacht und Morgen auf den Weg in den nahegelegenen Englischen Garten. Es war wunderschön, in der aufziehenden Dämmerung zu laufen, bevor die große Stadt zum Leben erwachte. Ich spürte, wie meine Lust am Laufen mit jedem Schritt wuchs.

Als ich dem Weg um eine Kurve folgte, störte etwas meinen Blick. Da lag etwas neben dem Weg, im Schatten der Bäume. Es war etwas Großes, das meine Aufmerksamkeit auf sich zog. Etwas Großes, das sich mühevoll bewegte.

Was ich im Näherkommen sah, ließ mein Herz einen Schlag aussetzen. Mein Gehirn weigerte sich, das wahrzunehmen, was meine Augen mich sehen machen wollten.

Als mein Verstand die Signale der Augen nicht länger ignorieren konnte, schien mein Herz mit doppelter Geschwindigkeit zu schlagen. Heiß durchströmte mich ein Schreck. So etwas wie Panik wollte mich befallen. Ich rannte ohne nachzudenken zu dem großen Etwas hin, und mein Gehirn ließ Gewissheit werden, was es nicht länger verweigern konnte: Das Große, auf das ich zurannte, war ein Mensch. Eine zierliche, junge Frau, mit langen, dunklen Haaren, wie sich bald zeigen sollte.

Ich ging neben ihr auf die Knie und sprach sie an. Sie war bei Bewusstsein und konnte, wenn auch mühsam und leise, mit mir reden. Mit einem kurzen Blick konnte ich sehen, dass sie an zwei Stellen im Oberkörper verletzt war. Ihre Kleider waren nass vor Blut. Offenbar hatte sie eine ganze Menge davon verloren.

Nachdem ich den Notarzt gerufen hatte, wollte ich mich um die Wunden kümmern. Doch leider habe ich keinen Erste-Hilfe-Kasten dabei, wenn ich joggen gehe. Und in ihrer Handtasche war auch nichts, was ich zum Abdecken der Wunden hätte nehmen können. So blieb mir nur der Versuch, mit meinen Händen die Verletzungen zusammenzupressen und auf diese Weise den Blutaustritt zu verlangsamen.

Da ihr Puls schnell ging und der Blutdruck erkennbar niedrig war, zog ich die Verletzte zu einer nahen Bank, auf der ich ihre Füße hoch lagern konnte. Jetzt legte ich ihren Kopf auf meinen Schoß und presste meine Hände auf ihre Verletzungen.

„Danke!", sagte sie leise.

„Nicht reden", bat ich sie, „das kostet Kraft, und die brauchen Sie."

„Danke, dass Sie mir helfen", sprach sie leise und stellte sich vor: „Ich heiße Ayshe."

„Ich bin Peter", sagte ich und dachte: „Es ist vielleicht gar nicht so schlecht, wenn sie mit mir spricht, weil sie dann bei Bewusstsein bleibt."

„Was ist Dir denn passiert, Ayshe?"

„Ich war auf dem Weg zur Arbeit. Und weil ich den Morgen liebe, mache ich gern einen Spaziergang durch den Park. Hier waren auf einmal zwei Männer da, einer hielt mich von hinten fest, der andere sagte auf Türkisch: ‚Du hast Schande über Deine Familie gebracht, Ayshe. Du musst sterben, Du Schlampe!' Dann spürte ich zwei heftigen Schmerzen, wie Stromstöße. ‚Wir gehen', sagte er zu dem Mann hinter mir. Der Mann ließ mich augenblicklich los und ich fiel zu Boden, während die beiden davonliefen."

„In welche Richtung sind sie gelaufen", wollte ich wissen.

„Da lang", wies sie mit einem schwachen Nicken, „Richtung Königsstraße."

„Kannst Du die Männer beschreiben?"

„Nicht wirklich", meinte sie, „es ging so schnell. Sie müssen beide etwa einen Kopf größer gewesen sein als ich und muskulös. Es hat nur einer gesprochen. Die Stimme kannte ich nicht, aber er trug einen Vollbart. Beide trugen dunkle Jogginganzüge mit hellem oder weißem *Türkiye*-Aufdruck. Ich konnte das im Fallen noch sehen."

Ich konnte spüren, wie ihr Puls beim Erzählen in die Höhe schnellte. „Vielleicht war es besser über etwas Anderes zu reden", dachte ich, „Aber worüber?"

„Beruhige Dich, Ayshe. Der Krankenwagen ist unterwegs. Warum haben diese Leute dich überfallen?"

Sie holte so tief Luft, wie es ihr möglich war und sammelte sich einen Augenblick. Dann begann sie mir Ihre Geschichte zu erzählen.

Kapitel 1 – Kindheit

Ayshes Eltern stammen aus einem kleinen Ort in Anatolien. Dort ist der Mann der Herr im Haus, die Frau hat nichts zu sagen. In den achtziger Jahren kamen die Eltern nach Deutschland und führten ein bescheidenes Leben in einer bayerischen Kleinstadt.

Der Vater arbeitete hart, die Mutter blieb zu Hause, zuerst alleine, dann mit den Kindern, die nach und nach auf die Welt kamen. Zuerst kam Nihal, die große Schwester, vor dreißig Jahren auf die Welt, zwei Jahre vor Ayshe. Murat, der jüngere Bruder wurde drei Jahre später geboren.

Der Bekanntenkreis der Eltern und demgemäß der gewünschte Umgang der Kinder beschränkte sich hauptsächlich auf türkische Familien, denn in Deutschland herrschte eine andere Kultur als in der Heimat. In dieser Offenheit und Freiheit sah Ayshes Vater eine Bedrohung für seine Position in der Familie. Er war der Herr im Hause. Er hatte Freiheiten, die Familie zu gehorchen.

Wenn schon seine Töchter in der Schule mit der Freiheit in Kontakt kamen, so sollte doch seine Frau dem traditionellen Bild treu bleiben. Sie durfte nur in Begleitung des Vaters aus dem Haus gehen. Ausgenommen natürlich, wenn sie die Kinder zur Schule brachte oder abholte. Und natürlich gelegentliche Besuche bei befreundeten Familien.

Während Nihal diese Welt von Anfang an akzeptierte, fand Ayshe es immer spannend, neues kennenzulernen und auszuprobieren. Deswegen hatte sie in der Schule auch Kontakt zu deutschen Mitschülerinnen, was zu Hause nur zähneknirschend akzeptiert wurde, erstaunlicherweise eher von der Mutter, die den Vergleich zu ihrer eigenen Situation ziehen konnte.

Ihr Mann hatte verhindert, dass sie deutsch lesen und schreiben lernte, um sie ans Haus zu binden und, wenn man es so nennen möchte, abhängig zu halten. Ein Schicksal, dass sie ihren Töchtern gern erspart hätte. Doch, wie gesagt, Nihal fand sich von Anfang an wohl mit der klassischen Rolle. Murat, der wie ein Prinz gehalten wurde, hatte mit der Rollenverteilung sowieso keine Probleme.

Als Ayshe mit etwa 14 Jahren mitbekam, dass ihre Mutter deutsch mehr schlecht als recht und auch nur sprechen konnte, lehrte sie sie lesen und schreiben. Ein schweres Unterfangen, das als mütterliche Nachhilfe getarnt wurde.

Mit diesen Kenntnissen fand Ayshes Mutter später heraus, dass der Vater sie mit jeder Frau, die sich anbot, betrogen hatte. Irgendwie sei dies ein natürliches Recht der Männer, meinte Ayshe.

Wie unterschiedlich die Geschwister sich entwickelten, zeigt sich darin, dass Ayshe als Einzige einen deutschen Pass hatte. „Ich bin Deutsche, Peter, Deutsche mit türkischen Wurzeln", sagte sie stolz. Ihre Geschwister waren Türken geblieben.

Kapitel 2 - Die Flucht von zu Hause

Nach zwei Ehrenrunden in der Schule begann Ayshe mit 17 Jahren ihre Ausbildung zur Verkäuferin in einer Bäckerei. Selbstverständlich wurde sie sowohl auf dem Schulweg, wie auf dem Weg zur Arbeit und nach Hause von der Mutter begleitet. Daran hatte sich nichts geändert. Doch in der Bäckerei hatte sie Kontakt zur Welt außerhalb der behüteten Schule und des Elternhauses.

Dorthin kamen allerlei Leute: Deutsche, Türken, Griechen, Spanier, Italiener. Schüler, Studenten, Hausfrauen, Familienväter, Arbeitslose, Handwerker, Angestellte und Beamte kauften dort Brot und Brötchen. Polizeistreifen, Müllwerker und Straßenarbeiter machten in der Bäckerei Frühstückspause und brachten etwas Farbe in Ayshes Leben. Alte, junge, dicke, dünne, gut und schlecht gelaunte, freundliche, rüpelhafte, rücksichtslose und aggressive Menschen lernte Ayshe kennen.

Und Emre.

Emre lieferte zweimal pro Woche Kaffee, Milch, Zucker, Mehl usw. Er war groß, schlank und hatte ein paar graue Haare. Er war sehr offen und hatte immer einen netten Spruch auf Lager. Emre war so ganz anders, als alle Männer, die Ayshe kennengelernt hatte.

Mit einem Lächeln und einem freundlichen Blick begann ein kurzes Gespräch. Und Ayshe machte die Erfahrung, dass er sie als Mensch wahrnahm, als junge Frau, nicht einfach nur als dienstbaren Geist hinter der Theke.

Von Emre erzählte Ayshe niemandem, nicht einmal ihrer Mutter. Die Gedanken an Emre gehörten ihr und sollten nur ihr gehören. Sie konnte sich die Reaktion ihrer Familie gut genug vorstellen, um ihr aus dem Wege zu gehen.

Aus einem kurzen Gespräch wurden mehr und längere Gespräche. Emre wusste so viel über das Leben und so interessant zu erzählen, dass Ayshe die Liefertage immer mehr herbeisehnte. Er weckte in Ayshe, die ihn dabei mit großen Augen ansah, immer mehr die Sehnsucht nach der *großen, weiten Welt* und dem *richtigen Leben*. Ayshe wollte heraus aus der familiären und kleinbürgerlichen Umklammerung. Sie wollte das Leben kennenlernen und Abenteuer erleben, wie Emre sie so schön erzählen konnte.

Zusammen bauten sie Luftschlösser und entwickelten Visionen, was man alles gemeinsam erleben könnte und wollte. An manchen Tagen fiel es Ayshe schwer, aus der Phantasiewelt wieder in die Realität zurückzufinden, so schön und doch so real waren ihre Träume mit Emre. Immer konkreter wurden die Pläne, in denen sie beide eine Rolle füreinander spielten. Unmerklich verliebte Ayshe sich in Emre.

Dann kam der Tag, an dem Emre ihr anvertraute, dass dies seine letzte Woche wäre. Er würde bald in eine andere Stadt umziehen und eine neue Stelle anfangen. Alles war schon in die Wege geleitet, die Wohnung gemietet und eingerichtet. Er könne dann natürlich nicht mehr herkommen. Ayshes Welt brach zusammen. Tränenüberströmt schlang sie ihre Arme um ihren Emre. Er möge sie doch bitte, bitte nicht verlassen.

Vielleicht war es die Verzweiflung in Ayshes Augen und in ihrer Stimme, die Emre bewog, ihr ein gemeinsames Leben vorzuschlagen. Schließlich war Ayshe inzwischen volljährig geworden und niemandem mehr Rechenschaft schuldig. Zunächst lehnte sie dieses Unterfangen ab, doch je näher der Tag der Trennung kam, desto größer wurde ihre Bereitschaft, mit Emre zu gehen. Sie könnte sich von der kleinbürgerlichen Enge und der ständigen Überwachung der Eltern befreien.

Der Gedanke gewann immer mehr an Kontur. Schließlich hatten sie beide davon schon lange geträumt, wie Mann und Frau zusammen zu leben. Die Frage nach Hochzeit, wie es eigentlich angemessen gewesen wäre, hatte sich beiden nicht gestellt. Denn damit hätte Ayshe eingestehen müssen, dass es Emre in ihrem Leben gab. Und das hätte endlose Debatten und endlosen, heftigen Ärger bedeutet, denn Ayshe war klar, dass ihre Familie den Mann für sie aussuchen würde, wenn sie das nicht schon längst getan hätte.

Sich ihren Mann selbst auszusuchen, das war ein ziemlicher Affront gegen ihre Familie. Ihr Vater würde sein Wort, mit dem er seine Tochter versprochen hätte, gebrochen haben. Wie könnte er sich so je wieder in seiner Heimat, in seinem Dorf, in seinem Elternhaus sehen lassen? Da schien es besser, sofort Tatsachen zu schaffen und von zu Hause auszuziehen. Heiraten würden sie, wenn die Zeit reif wäre und sich die Wogen geglättet hätten. Dass das noch viel schlimmer für ihre Familie wäre, das ahnte Ayshe damals nicht.

Also wurde der Plan umgesetzt. Am großen Tag packte Ayshe gerade so viel Wäsche und Toilettensachen ein, wie in ihre große Handtasche passten und ging zur Arbeit. Dass sie an diesem Tag eine Stunde früher gehen durfte, hatte sie schon lange mit ihrer Chefin vereinbart. Diese Stunde musste sein, denn Ayshe wollte ihrer Mutter entgehen. Sie warf ihre Kündigung in den Hausbriefkasten und fuhr gemeinsam mit Emre in die neue Wohnung.

Der Anruf der Familie kam bereits auf der Fahrt nach Nürnberg. Es war, wie erwartet, ein lautstarkes Gespräch, in dem Ayshe ihre Volljährigkeit anführte und dass die Familie ihr nichts mehr zu sagen habe. Ihre Mutter redete mit Engelszungen auf sie ein, sie solle doch sich und ihre Familie nicht unglücklich machen, der Vater schrie und tobte, was Ayshe ihm damit antäte.

Als Emre der weinenden Ayshe das Telefon aus der Hand nahm, war dies Wasser auf die Mühlen des Vaters. Jetzt wurde an beiden Telefonen gebrüllt, geflucht und geschimpft. Flittchen und Schlampe waren noch die freundlichsten Worte, die Ayshes Vater gebrauchte. Mit dieser Sünde würde sie sich, die ganze

Familie und ihn selbst derart entehren, dass diese Schande nur mit ihrem Blut ausgeglichen werden könne.

Dass Ayshes Vater ihre Mutter zur Strafe für ihr erzieherisches Versagen mehrfach heftig verprügelt hatte, sollte sie erst Jahre später erfahren.

Kapitel 3 - Leben mit Emre

Anfangs war das Zusammenleben in der gemeinsamen Wohnung in der Südöstlichen Außenstadt sehr harmonisch. Ayshe vermisste nicht die tägliche Arbeit und die Schule. Da fiel es auch nicht ins Gewicht, dass sich der ursprüngliche Gedanke, sie könnten ihre Sachen aus der elterlichen Wohnung holen, nach den hässlichen Telefonaten zerschlagen hatte.

Die Eltern würden das niemals zulassen. Lieber würden sie ihre Kleider und Möbel verbrennen oder auf den Sperrmüll geben. Nicht, dass Ayshe an ihren Möbeln hing, bei Emre hatte sie jetzt eine richtige Wohnung, kein besseres Kinderzimmer, wie bei den Eltern. Aber Kleider und Wäsche fehlten ihr doch.

Aber das tat Ayshe Glück keinen Abbruch. Sie war zum ersten Mal in ihrem Leben richtig frei und glücklich. Sie genoss es, in der Stadt bummeln zu gehen, in Boutiquen nach Herzenslust anzuprobieren und Model zu spielen. Gerade an Samstagen begleitete Emre sie, und Ayshe führte ihm vor, was sie in der Woche anprobiert und ausgesucht hatte. Und dabei wurde auch so manches schöne Stück für sie gekauft.

Mit Ayshes Einzug wurde Emres zweckmäßig eingerichtete Junggesellenwohnung dem Geschmack einer Frau entsprechend angepasst. Mit jedem Gegenstand, den Ayshe aussuchte, fühlte sie sich immer weniger als Gast und immer mehr zu Hause.

Ayshes Leben passte sich Emres Rhythmus an. Sie stand mit ihm auf, bereitete ihm das Frühstück und sah zu, wie es ihm schmeckte. Wenn Emre zur Arbeit ging, legte sie sich wieder ins Bett und träumte von den schönen Dingen, die sie nun bald gemeinsam erleben wollten. Irgendwann vormittags stand sie auf und frühstückte ihrerseits. Dann machte sie sich hübsch, brachte die Wohnung auf Vordermann und wartete auf Emre, der von seinem Tag und seinen Erlebnissen erzählte.

An schönen Tagen machte sie gern Spaziergänge durch den Volkspark Dutzendteich und ging um die schön angelegten Teiche und den Silbersee. Auch auf ihren Spaziergängen und Wanderungen konnte Ayshe träumen. Hin und wieder setzte sie sich auf eine Bank oder eine Wiese und genoss es, auf das Wasser zu sehen oder das Treiben zu beobachten.

Ayshe liebte es, Emre zuzuhören und dabei zu träumen. Es war so schön, mit ihm gemeinsam über die Zukunft zu phantasieren. Ayshe hatte ein paar Ersparnisse, und Emre einen Job mit gutem Einkommen. Sie würden verreisen und schöne Dinge an interessanten Orten erleben. Sie würden immer miteinander glücklich bleiben. Dass Emre ihre in diesem Zusammenhang zaghaft geäußerten Hinweise auf die erhoffte Hochzeit offenbar nicht verstand, störte Ayshe nicht. Das war nur eine Frage der Zeit, dessen war sie sich sicher.

Nach ein paar Monaten musste Emre hin und wieder länger arbeiten und weitere Touren fahren. Manchmal musste er auch über Nacht wegbleiben.

Ayshes Glück tat das nur wenig Abbruch, denn von den längeren Fahrten konnte Emre mehr erzählen. Und außerdem bestand die Aussicht, auf eine Gehaltserhöhung, wenn er sich bewährte. Dass er nach besonders stressigen Tagen auch einmal ein Bier trinken ging, erschien ihr nicht ungewöhnlich. Schließlich kam das ja nur ganz selten einmal vor.

Von ihrer Familie hörte Ayshe wenig. Hin und wieder tauschte sie ein paar SMS mit ihrer Schwester aus, doch diese blieben distanziert, da auch Nihal ihre Flucht missbilligte. Ab und an rief die Mutter heimlich an, um sie zu bekehren, doch diese Gespräche würgte Ayshe schnell ab, so sehr es sie auch schmerzte, die Mutter weinen zu hören. Sie hoffte, mit der Hochzeit würde es zu einer Aussöhnung kommen. Doch wann immer sie dieses Thema bei Emre ansprach, antwortete er ausweichend, was Ayshes Herz jedes Mal einen kleinen Stich versetzte. „Vielleicht", so dachte sie, „ist Emre noch nicht soweit. Aber wenn er die versprochene Gehaltserhöhung bekommt, dann vielleicht."

Eines Morgens klingelte Emres Handy, das er offenbar vergessen hatte. Ayshe stand auf und folgte dem Geräusch. Das Handy lag im Flur. „Anruf 'MERAL'" stand auf dem Display. Von einer Meral hatte Emre noch nie etwas erzählt, wunderte sich Ayshe. Das fühlte sich seltsam an.

Dann hörte sie Schritte im vor der Tür. Der Schlüssel drehte sich im Schloss. Emre kam nach Hause! Was sollte sie tun? Schnell legte sie das Handy wieder auf den Garderobenschrank, eilte ins

Schlafzimmer, schloss die Tür und huschte leise ins Bett, während sie Emre die Wohnung betreten hörte. Sie drehte sich zur Seite und stellte sich schlafend, gespannt, was passieren würde.

Ayshe hörte die leisen Schritte Emres im Flur. Sie hörte, wie die Klinke vorsichtig gedrückt und die Tür einen Spalt breit geöffnet wurde. Sie bewegte sich nicht und bemühte sich, ruhig und gleichmäßig zu atmen, als ob sie schliefe. Ein paar Augenblicke später wurde die Tür geschlossen. Emres Schritte entfernten sich. Dann hörte sie, wie die Wohnungstür mit leisem Schnappen ins Schloss fiel.

Ayshe wusste sich keinen Reim auf Emres Verhalten und auf Meral zu machen. Verunsichert und gespannt wartete sie auf Emres Rückkehr, doch zu ihrer Verwirrung erzählte er ihr nichts davon, dass er noch einmal kurz zu Hause gewesen war.

In Ayshe war Misstrauen gegen den Mann ihres Herzens erwacht. Sie beschloss, diese Sache ganz behutsam zu untersuchen und wartete auf eine Gelegenheit, in Emres Handy zu suchen. Als diese eines Morgens endlich kam, schlug ihr Herz bis zum Hals. Ayshe kam sich unendlich schlecht vor, ihren Mann - so betrachtete sie Emre - zu bespitzeln. Doch was sie zu sehen bekam, schockierte sie mehr, als ihr eigenes Verhalten.

Sie las Kurznachrichten von Verabredungen, nicht nur mit Meral. Sie sah Fotos von anderen Frauen, eindeutige Fotos. Emre wurde während seiner Touren häufig angerufen. Ihr hatte er verboten, während der Arbeit anzurufen, damit sie ihn nicht beim Fahren störte. Offenbar störte nur Ayshe während der Arbeit, andere Frauen gar nicht.

Verstört legte Ayshe das Telefon zurück. Tränen liefen über ihre Wangen. Es gab andere Frauen in Emres Leben. Niemals hätte sich Ayshe das vorstellen können. Andererseits, im Nachhinein betrachtet, fiel ihr auf, dass Emre zurückhaltender ihr gegenüber war, seitdem er Touren über Nacht fahren musste. Das lag wohl nicht, wie sie annahm an dem Mehr an Arbeit, sondern hatte andere Gründe.

Was sollte sie nur tun? Ihr eigenes Handy riss sie aus den Gedanken: „(Keine Nummer)"! Ayshe holte tief Atem und meldete sich. Ihr Vater sagte voller Triumpf, dass er jetzt wisse, wo sie wohne. Und dass ihr bald etwas passieren würde. Dann war das Gespräch weg.

Ayshe wurde schwarz vor Augen. Als sie die Augen wieder öffnete, sah sie den besorgten Blick Emres, der sich neben sie gekniet und über sie gebeugt hatte. Seine Berührung wehrte sie ab. Sie konnte nicht so tun, als sei nichts geschehen.

„Du machst mit anderen Frauen rum", sprudelte es aus ihr heraus. „Ich habe dein Handy angesehen. Warum machst Du das?"

Emre wollte sie in den Arm nehmen.

„Lass mich", giftete sie ihn an, „mein Vater hat uns gefunden. Er weiß wo wir wohnen und wer Du bist."

„Ja! Du nimmst mir die Luft zum Atmen mit Deiner Anhänglichkeit. Ich brauche Freiraum, ich will mich bewegen können", schnauzte Emre sie an. Dann war ein kleiner Moment Pause. „Dein Vater hat uns gefunden, sagst Du?", fragte Emre. Ayshe nickte nur. „Ich gehe, der bringt mich sonst auch noch um." Mehr sagte Emre nicht, nahm seine Tasche und ging aus der Wohnung.

Ayshes Welt lag in Trümmern. Sie war allein auf sich gestellt. Hier in der Wohnung bleiben konnte sie auch nicht. Ihr Vater würde sie finden. Sie musste weg. Doch wohin sollte sie sich wenden? Sie kannte niemanden in Nürnberg. Ihre Familie hatte sie verstoßen, und Freunde hatte sie keine. Sie verließ das Haus und ging ziellos durch die Straßen.

Ein Martinshorn ließ Ayshe wieder in die Wirklichkeit zurückkehren. Sie blickte sich verwundert um und sah einen vorüberfahrenden Polizeiwagen. Ayshe stutzte. Das war die Lösung. Die Polizei würde wissen, was zu tun ist.

Der Polizist im Revier hieß sie, sich hinzusetzen und einen Moment zu warten. Streifenpolizisten kamen, Streifenpolizisten gingen, einzeln, paarweise, in Gruppen. Manchmal brachten sie jemanden mit, sogar eine mit Handschellen gefesselte Frau, die laut sich laut schimpfend heftig wehrte. Ayshe wurde immer kleiner auf ihrer Bank.

Da hörte sie eine sympathische Stimme ihren Namen sagen. Sie blickte auf und in das Gesicht einer Polizistin. „Kommen Sie bitte", sagte diese und öffnete die Tür. In einem kleinen Büro bot die Polizistin Ayshe einen Platz und einen Kaffee an.

„So, dann erzählen sie mal", forderte die Polizistin sie freundlich auf. Ayshe nippte an ihrem Kaffee und schluckte schwer. Und dann erzählte sie ihre Geschichte. Nach ein paar Anfangsschwierigkeiten gelang es ihr, immer flüssiger zu erzählen. Die Polizistin stellte nur wenige Fragen und hörte überwiegend schweigend zu, sich ab und zu Notizen machend.

„Ich weiß nicht mehr, was ich machen soll", brach es aus Ayshe heraus, „ich habe niemanden mehr, ich kann nicht mehr nach Hause und zu meiner Familie kann ich auch nicht mehr!" Schluchzend vergrub sie ihr Gesicht in den Händen.

Die Polizistin legte ihr sanft die Hand auf den Unterarm. „Beruhigen Sie sich", bat sie. „Wollen Sie noch einen Kaffee?" Ayshe nickte stumm. „Ich muss eben kurz telefonieren", sagte die Polizistin, als sie den Kaffee brachte. „Es dauert gewiss nicht lange."

„Danke", hauchte Ayshe kraftlos. Der lange aufgestaute Druck hatte sich in diesem Gespräch entladen. Ayshe fühlte sich leer und müde.

Mit einem befriedigten Gesichtsausdruck kam die Polizistin nach kurzer Zeit zurück. „Ich habe eine Möglichkeit für Sie gefunden." Sagte sie, „Wenn Sie wollen, bringen wir sie in ein Frauenhaus."

Ayshe zuckte zusammen.

„Nicht erschrecken!" Meinte die Polizistin, „auch wenn das manchmal anders kolportiert wird, ist das keine Sonderform eines Bordells. Dort sind Frauen, die vor ähnlichen Situationen geflohen sind. Auf jeden Fall sind Sie da erst einmal sicher und weg von der Straße."

Ayshe nickte. „OK", sagte sie leise.

Die Polizistin lächelte. „Wir fahren jetzt zu Ihnen nach Hause. Dort können sie ein paar Sachen zusammenpacken. Und dann bringen wir sie in das Frauenhaus."

Kapitel 5 - Im Frauenhaus

Während der vier Wochen im Frauenhaus lernte Ayshe Frauen kennen, denen es ähnlich ging. Und auch Frauen, die regelmäßig von ihren Männern verprügelt und vergewaltigt wurden. Frauen, denen das Frauenhaus eine sichere Unterkunft bot.

So lernte sie auch Marie kennen, eine junge Mutter mit ihren beiden Kindern. Maries Ehemann Mahmud konnte den Gedanken, seine Kinder würden nicht in dem seiner Meinung nach Rechten Glauben erzogen, nicht ertragen und hat deshalb versucht sie und die Kinder zu töten. Dabei hatte Marie ihn in Notwehr schwer verletzt.

Das Opferschutzprogramm, an dem Ayshe teilnehmen sollte, blieb Marie ihrer Kinder wegen verwehrt, da kleine Kinder nicht auf einmal eine neue Identität annehmen können, ohne sich irgendwann zu verplappern. Marie würde noch lange in Frauenhäusern bleiben und ein Nomadendasein führen müssen, um dem Rachedurst ihres Mannes und seiner Familie zu entgehen.

Wie die anderen Frauen, so änderte auch Ayshe ihre äußere Erscheinung. Sie ließ sich ihre langen, schwarzen Haare kurz schneiden und hell färben. Dazu trug sie eine Hornbrille mit entspiegelten Fenstergläsern. Auch auf den zweiten Blick war sie so nicht mehr zu erkennen.

In diesen Wochen hatte sie regelmäßig Kontakt mit Hauptkommissar Schubert, der mit ihr absprach, wie ihr neues Leben aussehen sollte. Ayshe bekam eine neue Identität, neue Papiere und einen neuen Lebenslauf.

Ihren Vornamen durfte Ayshe aus einer Liste wählen. Sie entschied sich für Dilek. Der neue Nachname sollte ähnlich klingen. So wurde Ayshe Önal zu Dilek Ünal. Ihr wurde eine kleine Wohnung in Erlangen zugewiesen.

Kapitel 6 - Die Agentur

Der Preis der neuen Identität war hoch. Es war Ayshe nicht möglich, Freundschaften zu schließen, weil sie nie lange genug an einem Ort wohnen durfte. Häufige Umzüge brachten es mit sich, dass sie ihre Ausbildung nicht fortsetzen konnte.

Eine Anstellung ohne Ausbildung zu finden, gestaltete sich als schwierig. Menschen, die häufig ihren Wohnort wechseln sind aus Arbeitgebersicht nicht gerade die erste Wahl bei der Sichtung der Bewerber, sodass Ayshe sich mit minderqualifizierten Gelegenheitsjobs aushelfen musste.

Was sollte sie tun, um der Langeweile zu entgehen? Das Internet bot mannigfaltige Ablenkung. Bei ihren Ausflügen durch Chats und Foren kam Ayshe auf die Idee, sich in ihrer vielen freien Zeit etwas Geld hinzuzuverdienen. Eine einfache Möglichkeit erschien ihr, sich bei einer Agentur als Escort zu verdingen. Sex hatte sie bei Emre kennengelernt. Sex hatte ihr Spaß gemacht. Sex fehlte ihr, fast sogar noch mehr als Emre! Warum sollte sie das nicht kombinieren?

Es war so einfach, ein paar Fotos zu machen und den Fragebogen online auszufüllen. Ein paar Tage später meldete sich die Chefin der Agenur telefonisch, bei Ayshe. Es klang alles so leicht und positiv. Man verabredet sich, und wenn man sich sympathisch war, geht man zusammen ins Bett, um miteinander Spaß zu haben. Und dafür gibt es auch noch Geld. Voller Vorfreude unterschrieb Ayshe den Vertrag, der ihr einige Tage später per Post zugeschickt wurde.

Die Agentur half ihr bei der Erstellung eines ansprechenden Profils auf der Agentur-Homepage, sie vermittelte einen Fotografen für die dazugehörigen Bilder und sorgte für eine Verlinkung, die Ayshes Sichtbarkeit und Bekanntheitsgrad erhöhte.

Ein paar Aspekte dieser Beschäftigung musste sie jedoch im Gespräch mit der Agentur überhört haben. Es war keineswegs so, dass Ayshe häufig gebucht wurde. Zu diesem Geschäft gehörte auch wochenlanges Warten zwischen einzelnen Aufträgen. Und dann war nicht jeder Kunde sympathisch, gepflegt oder hatte eine freundliche Ader, sodass Ayshe den Unterschied zwischen einem selbstgewählten Partner und jemandem, der sie für eine Dienstleistung einkaufte und auf deren Erfüllung pochte, kennenlernen musste. Ein sehr großer Unterschied und eine schmerzhafte Erfahrung. Etwas in Ayshe sträubte sich. Sie konnte das einfach nicht. Sie musste den Versuch abbrechen, wollte sie nicht daran zerbrechen.

Die Agentur bot Ayshe keine Hilfe, sie pochte auf Einhaltung des Vertrages. Auch dies ein Detail, das Ayshe entgangen sein musste. Sie musste der Agentur mindestens 400 Euro an Provision einspielen, bevor sie den Vertrag auflösen konnte und ihr Profil gelöscht würde. Dies wären die Kosten für die Vermittlung des Fotografen, für die Homepage und sonstige Aufwände.

Ayshe entschloss sich, das Profil im Netz zu belassen und keine Aufträge mehr anzunehmen. Dazu war sie ja nicht verpflichtet. Und schon nach ein paar Wochen erschien Ihr diese Episode nur noch wie ein dunkler, ferner Traum.

So vergingen einige Monate, in denen Ayshes Leben ohne Höhen und Tiefen dahinplätscherte. Die Abfolge aus Umzug, jobben, Aufbau eines, wenn auch oberflächlichen, sozialen Umfelds und neuerlichem Umzug machte ihr zu schaffen. Kaum hatte sie etwas Fuß gefasst, musste sie umziehen und sich neu orientieren. Das führte dazu, dass Ayshe sich immer einsamer fühlte.

In einem Anflug von Verzweiflung und Heimweh suchte Ayshe sich eine Telefonzelle und wählte eine Nummer. Nach dem fünften Läuten meldete sich die Stimme ihrer Mutter. Ayshe legte schnell auf und verließ weinend die Telefonzelle. Die wenigen Worte der vertrauten Stimme hatten jedoch längst verstummte Saiten in Ayshe zum Klingen gebracht. Plötzlich wurde sie von einer geradezu übermenschlichen Sehnsucht nach Geborgenheit und Nestwärme erfasst.

Ayshe nahm all ihren Mut zusammen und wählte erneut die Telefonnummer ihrer Eltern. Diesmal legte sie nicht auf, als die Mutter sich meldete. Nach anfänglicher Scheu und Befangenheit entwickelte sich ein tränenreiches Gespräch zwischen Mutter und Tochter.

Ayshe hängte den Hörer ein und war sich nicht sicher, was sie fühlte. Einerseits war sie erleichtert und froh, einen Weg zu ihrer Mutter gefunden zu haben, andererseits fühlte sie sich jetzt noch einsamer als vorher.

Nach weiteren Telefonaten mit ihrer Mutter suchte Ayshe Hauptkommissar Schubert auf, um ihm von der Annäherung an ihre Familie zu berichten. Stirnrunzelnd hörte Herr Schubert Ayshes Bericht an. Ihm wäre es lieber gewesen, wenn sie sich vorher mit ihm abgesprochen hätte, doch akzeptierte er die Tatsachen, die Ayshes Anrufe geschaffen hatten und leitete Schritte in die Wege, um Ayshe zu unterstützen.

Gemeinsam mit einem Psychologen spielten sie Gespräche und mögliche Szenarien zwischen totaler Abweisung und filmreifer Versöhnung durch, damit Ayshe die Chance hatte, sich innerlich vorzubereiten.

Wenige Wochen darauf lagen sich Mutter und Tochter in den Armen. Den Tränen der Wiedersehensfreude folgten lange Gespräche zwischen Verständnis und Vorwürfen, in denen Ayshe und ihre Mutter wieder zu einander fanden. Und es folgten Treffen und Gespräche mit der Schwester Nihal, die ihr erzählte, dass Emre sie nicht nur nach Strich und Faden betrogen hat, sondern darüber hinaus auch Frau und Kind in seiner Heimat hatte.

Erleichtert und befreit bemühte sich Ayshe nun, im Leben wieder richtig Fuß zu fassen und schaffte es, mit etwas Unterstützung seitens Herrn Schubert, eine neue Ausbildungsstelle zu finden. Mutter und Schwester stärkten ihr in schweren Momenten immer wieder den Rücken. Alles begann, sich so richtig gut zu entwickeln.

Still und leise versuchte Ayshe, ihr Escort-Profil löschen zu lassen. Die Agentur wies sie jedoch erneut darauf hin, dass sie erst einen Mindestumsatz machen oder sich freikaufen müsse, um aus dem Vertrag zu kommen.

Doch woher sollte das Geld dafür kommen? Sicher, Ayshe hätte ihre Mutter oder ihre Schwester danach fragen können, doch das hätte bedeutet, die Sache mit dem Escort zu beichten. Und das brachte Ayshe nicht übers Herz. Ihr Schamgefühl und ihre Angst, die Familie noch einmal zu verlieren, waren zu groß.

Und so ließ Ayshe das Profil, wo es war und begann zu sparen, um sich freikaufen zu können. Ein langwieriges Unterfangen mit dem Gehalt einer Auszubildenden. Obwohl sie sparsam lebte, konnte Ayshe manchmal nur wenige Euro zur Seite legen.

Kapitel 8 - Aufgeflogen

So gingen die Monate ins Land. Bis eines Tages ein Bekannter von Ayshes Bruder Murat ihre Escort-Bilder im Internet fand. Wie kaum anders zu erwarten, zögerte er keinen Augenblick, Murat diese Schande über seine Schwester, die Hure, voller Schadenfreude zu erzählen. Murat sah rot. Er tobte und schrie und bedrohte Ayshe am Telefon.

„Das ist jetzt ein paar Wochen her", sagte sie mit leiser Stimme. „Ich dachte, weil er in Berlin ist, kann er nicht so leicht handeln und hoffte, er beruhigt sich wieder. Und dann das jetzt. Aus heiterem Himmel!"

„Alles wird gut, Ayshe", versuchte ich, sie zu beruhigen, denn ich konnte spüren, wie sie während des Erzählens schwächer und schwächer wurde. „Hörst Du das Martinshorn? Gleich ist der Notarzt hier. Er bringt Dich ins Krankenhaus, und dann wirst Du wieder gesund."

Die Martinshörner der Polizei und des Rettungsdienstes wurden lauter und lauter. Schon konnte ich die Blaulichter zucken sehen. Die Hörner verstummten, als die Fahrzeuge anhielten. Jetzt konnte es nicht mehr lange dauern.

„Hierher", rief ich, „hier ist die Verletzte!"

„Nein", sagte die Ermattete, „ich werde nicht mehr gesund. Ich spüre, dass mein Leben hier endet."

„Nein, Ayshe!" Sagte ich eindringlich, „lass Dich jetzt nicht gehen, nur noch ein paar Sekunden, dann bekommst Du Hilfe!"

„Danke, Peter. Danke für alles." Meine Augen füllten sich mit Tränen, sodass ich ihr Lächeln nur noch verschwommen sah. Aber es war da, das Lächeln. Ich konnte hören, wie der Notarzt näher kam. „Bitte!" Dachte ich, „eilt Euch!"

Ayshe legte ihre rechte Hand auf meine und drückte sie schwach. Als ich den Druck erwiderte, nickte sie mir zu. Dann war der sanfte Druck ihrer Hand verschwunden. Das Pulsieren in den Wunden hatte aufgehört. Ayshes Körper verlor die Spannung. Sie sackte in sich zusammen. Tränen liefen mir übers Gesicht.

„Was ist denn passiert", hörte ich eine männliche Stimme außer Atem fragen. Nur verschwommen konnte ich das Weiß und das Signalrot des Rettungsdienstes erkennen.

„Sie hat zwei Stichverletzungen im Oberkörper", sagte ich, „und viel Blut verloren."

Der Arzt kniete sich neben Ayshe und untersuchte sie kurz. Dann sah er mich an, schüttelte traurig den Kopf und schloss der Toten die Augen.

Epilog

Zwei Minuten hätten Ayshes Leben retten können. Wäre ich zwei Minuten früher aus dem Haus gekommen oder etwas schneller gelaufen, hätte der Überfall vielleicht verhindert werden können. Wäre der Rettungsdienst zwei Minuten eher vor Ort gewesen, hätte Ayshes Leben gerettet werden können. Aber diese zwei Minuten gab es für sie nicht.

Ich wurde als Zeuge vernommen und sagte wahrheitsgemäß aus, was Ayshe mir erzählt hatte. Die Beschreibung der beiden Männer und, dass sie ihrer Familie die Schuld an dem Mordanschlag gab.

Natürlich wurde in alle Richtungen ermittelt, auch in Richtung der Familie, doch die Spur verlor sich. Eine Beteiligung an der Tat konnte der Familie und ihrem Umfeld nicht nachgewiesen werden.

Meine Ayshe hat türkische Wurzeln, sie könnte ebenso auch Maria heißen und als Südamerikanerin in den USA leben oder als Deutsche in einer 200-Seelen-Gemeinde irgendwo in Deutschland.

Hin und wieder erzählen mir fremde Menschen aus ihrem Leben. Wobei mir Ihre Motivation und der Auslöser bis heute verborgen geblieben sind. Vielleicht ist manchmal die Zeit für eine Art Lebensbeichte einfach gekommen. Und dann drängt es uns, uns jemandem mitzuteilen.

Bei einer solchen Gelegenheit habe ich Ayshe in einem Café kennengelernt. Sie sprach mich wegen des Zuckerstreuers an, und daraus entspann sich ein Gespräch. bei dem sie mir ihre Lebensgeschichte erzählte. Diese Geschichte, die mich bewegte und beschäftigte, ist die Grundlage dieser Erzählung. Natürlich trägt Ayshe einen anderen Namen, und glücklicherweise erfreut sie sich ihres Lebens.

Was Ayshe passiert ist, könnte jeder Frau passieren, die in einem Umfeld lebt, in dem ein sogenanntes Ehrgefühl stärker entwickelt ist als Toleranz und Intellekt. Dieses Phänomen kann überall auf diesem Planeten auftreten, unabhängig von der geographischen Lage, von Pass und Herkunft.

Danksagung

Ein herzliches Dankeschön an alle, die mich bei der Entstehung dieser Geschichte unterstützt haben, vor allem der Titelheldin, die mir erlaubt hat, Motive ihres Lebens hier zu verarbeiten. Danke, „Ayshe"!

Ohne meine Familie, ihre Ermutigung und Motivation wäre dieses Buch nicht zustande gekommen.

Besonderen Dank schulde ich den Probelesern für ihre wertvollen Beiträge und ihre Bereitschaft, ihre Zeit für das Entstehen dieses Werkes zu investieren.